AVENTURES CH
LES VIKINGS

Texte de Linda Bailey
Illustrations de Bill Slavin
Texte français de Martine Becquet

Les éditions Scholastic

Ce livre est dédié à mes amis Ellen McGinn et Charles Reif,
qui ont si gentiment et généreusement ouvert les portes de leur magnifique maison
sur l'île Satura, lorsque j'ai eu besoin de me retirer pour écrire. — L.B.

Pour Jan, le seul Viking de ma famille digne de ce nom qui, comme ses ancêtres,
a exploré maintes régions de ce monde merveilleux. — B.S.

Remerciements

Je remercie M. Jesse Byock, Ph.D., du département des études islandaises et du norrois
à la University of California à Los Angeles, pour son expertise et son aide apportées à la révision
des faits historiques de ce manuscrit.

Aventures chez les Vikings a vu le jour grâce aux efforts de nombreuses personnes.
Je tiens à remercier l'équipe de Kids Can Press qui a aidé à donner vie à cet ouvrage,
particulièrement mon éditrice Valerie Hussey, la maquettiste Julia Naimska, et ma directrice littéraire Val Wyatt,
dont les compétences et la perspicacité continuent à m'émerveiller. Je me considère également
extrêmement chanceuse d'être « associée » à Bill Slavin dans la série des livres de *l'Agence Prends ton temps*.
Non seulement son art dépasse mes espérances, mais il me fait aussi beaucoup rire!

Mon amie et collègue écrivaine Deborah Hodge s'est montrée une lectrice patiente
et avisée des ébauches de mes manuscrits. Je tiens une fois de plus à la remercier.
Je suis aussi très reconnaissante à mon amie Anna Koeller qui a fourni critiques,
bons petits plats, et s'est souvent chargée de promener les chiens.

Enfin, je désire dire un énorme merci à ma famille — Bill, Lia et Tess.
Merci de m'avoir apporté idées, opinions, enthousiasme et surtout votre formidable
sens de l'humour collectif.

Données de catalogage avant publication
de la Bibliothèque nationale du Canada

Bailey, Linda, 1948-
Aventures chez les vikings

(Agence prends ton temps)
Traduction de : Adventures with the Vikings.
ISBN 0-439-98666-4

1. Civilisation viking – Ouvrages pour la jeunesse. 2. Vikings – Ouvrages pour la jeunesse. I. Slavin, Bill. II. Becquet, Martine. III. Titre. IV. Collection: Bailey, Linda, 1948- . Agence prends ton temps.

DL65.B3414 2001 j949'.022 C2001-930376-9

Édition publiée par Les éditions Scholastic, 175 Hillmount Road, Markham (Ontario) L6C 1Z7,
avec la permission de Kids Can Press Ltd.

Les illustrations de ce livre ont été réalisées à la plume et à l'aquarelle.
La police de caractères pour le texte est Veljovic Book
Conception graphique de Julia Naimska

5 4 3 2 1 Imprimé à Hong-Kong 01 02 03 04 05

C'est un après-midi sombre et orageux. Le tonnerre gronde et les éclairs crépitent alors que les jumeaux Thibodeau, Justin et Emma, s'empressent de rentrer de l'école avec leur petite sœur, Léa.
Lorsqu'ils passent devant l'*Agence Prends ton temps*, ils se pressent davantage... rien d'étonnant! L'agence est un lieu effrayant même par beau temps. L'extérieur est miteux et délabré. L'intérieur est... des plus dangereux. Les Thibodeau y sont déjà entrés et savent très bien de quel genre d'agence de voyages il s'agit vraiment.
Alors qu'ils essaient d'allonger le pas, l'orage redouble. Une chute de grêle soudaine s'abat sur le trottoir, les forçant à s'abriter sur le pas de la porte de l'*Agence Prends ton temps*.
~ AGENCE ~
PRENDS TON TEMPS
Léa, NON! Ne t'appuie pas contre la porte!
Julien T. Petitjean
Propriétaire

La porte s'ouvre brusquement et les Thibodeau se retrouvent là où ils ne voulaient pas être!
Julien T. Petitjean, le propriétaire, est assis à sa place habituelle.
Atlantis
À voir au plus vite!
C'est gentil de passer me voir!
1948

Lune de miel
à l'Âge
du bronze
Oh! Oh!
Je savais
qu'on n'aurait pas
dû prendre ce
raccourci pour
rentrer.
Regardez!
12
3
9
6

Justin et Emma veulent partir sur-le-champ. Mais Léa est une enfant qui n'en fait... qu'à sa tête.

Pendant ce temps, Julien T. Petitjean fouille dans ses guides de voyage. Il en choisit un et en inspecte la couverture.
Partir? Quelle merveilleuse idée! En croisière, peut-être...
Attendez! Ce n'est pas ce que j'ai dit – NON! Léa!
Julien T. Petitjean
Guide personnel à destination du pays des
VIKINGS
Ouvrez ce livre et votre voyage commencera. Lisez chaque mot et votre voyage se terminera.
Avant que personne ne puisse l'arrêter, Léa arrache le guide des mains de M. Petitjean et l'ouvre. Un éclair terrifiant et étonnant en jaillit, et...
Bon voyage!

... soudain, les Thibodeau se retrouvent dans d'autres lieux, mais aussi d'autres temps! Seul l'orage leur est familier.
JULIEN T. PETITJEAN
GUIDE PERSONNEL
À DESTINATION DU PAYS
DES VIKINGS
Bienvenue chez les Vikings! Vous devez être vraiment courageux pour avoir choisi ce lieu de vacances!
Vous êtes retourné mille ans en arrière, dans une région de l'Europe du Nord qui deviendra un jour la Suède, la Norvège et le Danemark. Les gens qui vivent ici sont appelés Vikings, mais aussi Normands, de *nordr* et *mannr*, qui veut dire « hommes du Nord ». Le mot Viking vient, lui, de *vkingar* « les hommes qui vont de vicus en vicus (ville comptoir) ». Mais nous en reparlerons.
Avez-vous apporté des vêtements chauds? Les hivers peuvent être très longs et froids ici. Et votre gilet de sauvetage? Les Vikings sont de grands navigateurs. Ils vivent pour la plupart le long des côtes, près de l'océan Atlantique, la mer du Nord ou la mer Baltique.
Qui sait? Vous aurez peut-être la chance de partir en croisière.
Océan Atlantique
Scandinavie
Mer du Nord
Mer Baltique
EUROPE

Zut!
C'est bien écrit...
Viking!
Malheur!...
Nous sommes
retournés aux
temps des
Vikings!

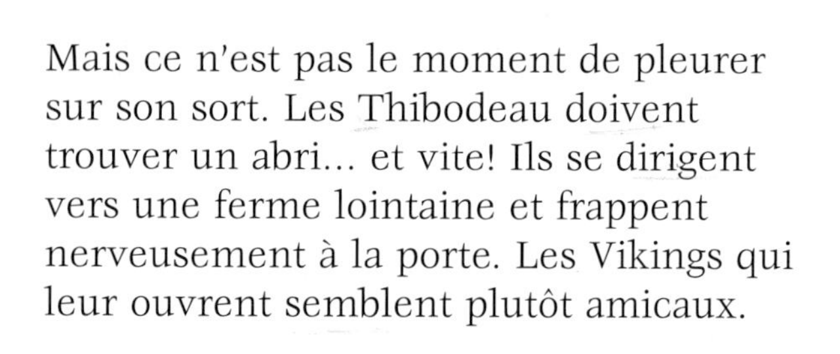

Une maison viking

Si vous avez le temps, rendez visite à une famille de Vikings. Ils seront heureux de vous recevoir. Le climat rigoureux rend les gens hospitaliers envers les étrangers de passage. Après tout, ils pourraient eux-mêmes avoir besoin d'un toit un jour.

La plupart des Vikings vivent dans de longues maisons appelées, vous avez deviné, « maisons longues ». Elles doivent être longues pour héberger toute la parenté et les esclaves. Elles sont habituellement construites en bois. La pierre, l'argile, la tourbe et le gazon sont aussi utilisés.

Une maison longue est composée d'une longue pièce et peut comprendre une ou deux pièces plus petites à une extrémité. La pièce longue ou « hall » sert à tout faire. On y vit, mange et dort. Le sol est en terre battue. Au centre, un foyer en pierre sert à faire du feu. (Et on en a besoin!) Sur les côtés, on trouve des banquettes en bois remplies de terre pour s'asseoir et dormir.

C'est un peu enfumé? Voilé? Sombre? Regardez autour de vous. Il n'y a pas de fenêtres, juste un trou dans le toit pour laisser sortir la fumée. La lumière provient des lampes à huile.

P.S. J'espère que les odeurs de poisson ne vous dérangent pas, car les lampes brûlent à l'huile de poisson ou de baleine.

La société viking

Maintenant que vous la connaissez mieux, vous avez peut-être noté que la société viking est composée de trois classes : jarls, bondis et traells.

Il est préférable d'être un jarl car se sont de puissants chefs ou seigneurs de guerre. Grands propriétaires terriens, ils organisent les bondis en bandes guerrières et les mènent à l'attaque.

Être un bondi n'est pas si mal. Les bondis sont libres. Ils sont fermiers, commercants, artisans, pêcheurs ou chasseurs. Ils peuvent posséder des terres et porter une arme. La loi viking leur accorde des droits.

Mais si vous êtes un traell, la chance ne vous sourit guère. Les traells sont des esclaves et n'ont aucun droit. Ils travaillent dur et font les pires tâches. Ils sont devenus esclaves après leur capture (ou celle de leurs ancêtres) par des Vikings lors de raids. D'autres sont des Vikings qui ne peuvent pas rembourser leurs dettes.

Si vous avez le choix, évitez d'être un traell.

La nourriture viking

Si vous aimez la viande, vous êtes en bonne compagnie. Les Vikings mangent de la viande aussi souvent qu'ils le peuvent. Le bœuf, le porc et l'agneau vous seront familiers. Mais vous verrez de la viande à laquelle vous n'avez jamais goûté, à moins que manger du renne, de la baleine et du phoque vous soit habituel. Les Vikings préparent leur viande au feu de bois. Ils la font griller, bouillir, rôtir et cuire dans la braise. Ils mangent aussi du poisson. (Pratique avec toutes ces mers!) Utilisez vos doigts et un couteau pour manger.

Envie de légumes? Vous devriez trouver des choux, navets, pois et haricots. Le lait et le fromage abondent. Même les Vikings les plus pauvres mangent du pain plat et du gruau faits à partir d'orge.

Les Vikings boivent du babeurre, de l'ale (sorte de bière) et de l'hydromel (boisson au miel). Essayez de boire à la facon des Vikings, dans une corne de vache. Impossible de la poser; il faut donc boire tout son contenu d'une seule traite. Ça fait une bonne gorgée!

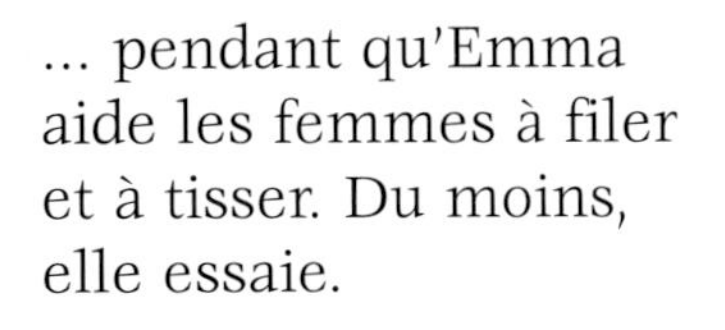

Les travaux des Vikings

Vous avez peut-être entendu dire que les Vikings étaient de redoutables pirates sillonnant les mers du Nord? À vrai dire, la plupart des hommes vikings sont fermiers. Ils cultivent orge, seigle et blé. Dans les régions montagneuses et froides, ils élèvent des vaches et des moutons.

Les hommes partent aussi souvent à la pêche. Il est parfois difficile de dire si un Viking est un fermier avec un bateau de pêche ou un pêcheur avec une ferme. Certains d'entre eux sont même chasseurs, fermiers et pêcheurs. Dans les régions du Nord, ils chassent le renne, l'élan, l'ours, le sanglier, le phoque et la baleine.

Les femmes vikings travaillent aussi à la ferme. Elles traient les chèvres, les brebis et les vaches, et font le beurre et le fromage. Elles préparent les repas et la bière, et cuisent le pain.

Elles fabriquent aussi des vêtements. Les grands magasins n'existent pas ici; les femmes vikings doivent donc partir de zéro. La laine provient directement des moutons. Tout d'abord, elle est nettoyée pour enlever la graisse; puis elle est peignée, filée, teinte et tissée. Le tissu est ensuite coupé et cousu et... ouf! Les femmes doivent en plus coudre les voiles des bateaux et même les tentes! Si vous avez du temps, donnez-leur un coup de main!

La vie à la ferme est calme, mais intéressante.

Non, à dire vrai, elle n'est pas très intéressante.

Pour tout dire, elle est vraiment inintéressante.

Après quelques jours, on s'ennuie ferme.

Lorsque les Thibodeau apprennent que leurs hôtes allaient partir le lendemain pour une « séance », ils sont emballés. Ils ne savent pas de quoi il s'agit mais ce sera mieux que de rester à la ferme. Pendant que les Vikings dorment, Emma et Justin se posent des questions.
Quelle genre de séance?
Je ne sais pas.
Pourquoi n'as-tu pas demandé?
Il m'a dit de ne pas en faire toute une séance!
CHEZ LES VIKINGS
N'oubliez pas que vous êtes invité; vous devez donc vous adapter aux coutumes. Le soir, ne comptez pas avoir votre propre chambre ni même votre propre lit. Cherchez un édredon en duvet d'oie ou une peau de mouton et trouvez une place sur la banquette en bois le long du mur. Vous pouvez peut-être piquer un coin de matelas de paille – quoiqu'il en soit, tassez-vous! Le reste de la maisonnée, y compris les traells et les parents éloignés, passera la nuit avec vous.
Il existe bien un lit dans un petit placard, mais n'y pensez pas. Il est réservé aux maîtres du logis. (D'ailleurs, qui voudrait dormir dans un placard?)
Si vous voulez pendre un bain, demandez poliment où est l'étuve (genre de sauna). Les Vikings aiment prendre un bain régulièrement – environ une fois par semaine.
Vous devez aller aux toilettes? Cherchez un simple trou dans la terre près du hall principal ou dehors.
P.S. Pas besoin de tirer la chasse!

Le lendemain matin, les Thibodeau partent tôt pour la séance.
(Quelle qu'elle soit.)
VOYAGE PAR VOIE DE TERRE
Les Vikings sont de grands voyageurs sur mer comme sur terre. En été, ils voyagent à cheval. Quel noble animal, le cheval! On peut le monter, l'atteler à une charrette ou le charger de marchandises. Si on a vraiment faim, on peut même le manger! (Eh oui, les Vikings mangent de la viande de cheval!)
Mais en hiver, lorsqu'il neige? Essayez un traîneau. Si vous n'en avez pas, fixez des skis à votre charrette et le tour est joué! Vous pouvez, vous aussi, chausser des skis. Les Vikings les fabriquent à partir d'os d'animaux avec lesquels ils font aussi des patins (qu'ils appellent « jambes de glace »). Ils utilisent des bâtons pointus pour s'aider à glisser.

Le vêtement viking

Pour être à la mode viking, voilà ce que vous devez porter :

- Si vous êtes une femme, mettez une robe longue en laine ou en lin, puis une plus courte par-dessus que vous ferez tenir avec deux grosses broches ovales. Fixez un collier de perles entre les deux broches, auquel vous pouvez accrocher vos affaires tels ciseaux, aiguilles, couteaux et peignes. (Ce n'est pas aussi pratique que des poches, mais c'est utile!) Portez un châle ou une cape par-dessus le tout. Vous avez encore froid? Doublez votre cape de fourrure.
- Si vous êtes riche, mettez des bracelets et des colliers en argent ou en or. Ils sont aussi précieux que de l'argent. Ils pèsent un poids normalisé et peuvent être coupés pour servir de pièces de monnaie.
- Si vous êtes un homme, portez des pantalons droits, larges ou serrés. Vous aurez aussi besoin d'une tunique (chemise longue). Serrez une ceinture autour de votre taille. Question : Pourquoi la cape des hommes est-elle attachée sur le côté droit? Réponse : pour garder le bras d'épée (bras droit) libre. Un Viking peut avoir besoin de son arme à tout moment.

Que portent les enfants vikings? La même chose que leurs parents, mais en plus petit.

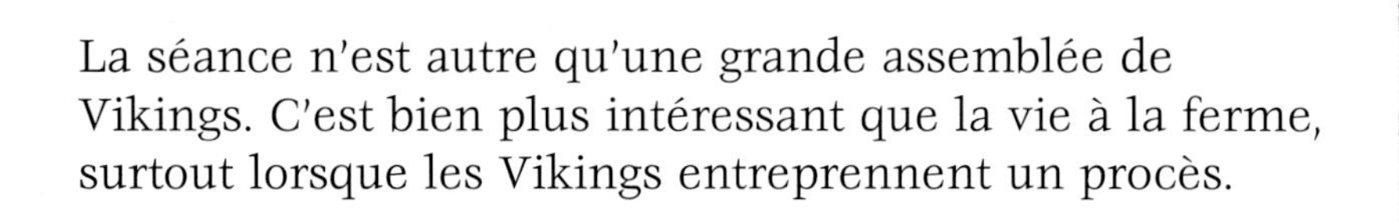
La séance n'est autre qu'une grande assemblée de Vikings. C'est bien plus intéressant que la vie à la ferme, surtout lorsque les Vikings entreprennent un procès.

Une assemblée viking

Une assemblée viking est appelée « Thing ». C'est une réunion en plein air de tous les hommes libres du district qui sont propriétaires terriens. Ils se rassemblent pour dicter des lois et punir les contrevenants. Ils peuvent aussi élire les chefs et les rois.

Voter est simple. Pour voter « oui », entrechoquez vos armes avec force pour que tous puissent entendre.

Les lois vikings ne sont pas écrites, il faut donc que quelqu'un s'en souvienne. C'est pourquoi le récitant des lois les mémorise toutes et les récite à voix haute pour que chacun les entende.

Litiges et punitions

Si un Viking se dispute, sa famille s'en mêle. Tout le monde se bat. On brûle la maison de l'autre et on finit même par s'entre-tuer!

Ces querelles familiales sont réglées lors d'un Thing. Chaque famille raconte son histoire, appuyée par des amis qui prennent leur parti. Parfois, les juges mettent l'honnêteté des gens à l'épreuve et leur font attraper des pierres dans de l'eau bouillante. (Si on dit la vérité, on ne souffre pas... c'est du moins ce que croient les Vikings.) Les querelleurs peuvent aussi se battre en duel.

Les juges décident des punitions. On risque dc payer le « prix du sang » (acquitté par une famille à une autre si quelqu'un a été tué), d'être enduit de poix (genre de goudron), lapidé, fouetté ou banni (renvoyé du pays). Mais le pire, c'est d'être déclaré hors la loi. Les hors-la-loi ne sont plus considérés comme des êtres humains, on peut donc les tuer à sa guise.

Mais on ne traite pas que de choses sérieuses aux assemblées. On s'y amuse aussi.

À la façon des Vikings.

Parfois, c'est un peu violent.

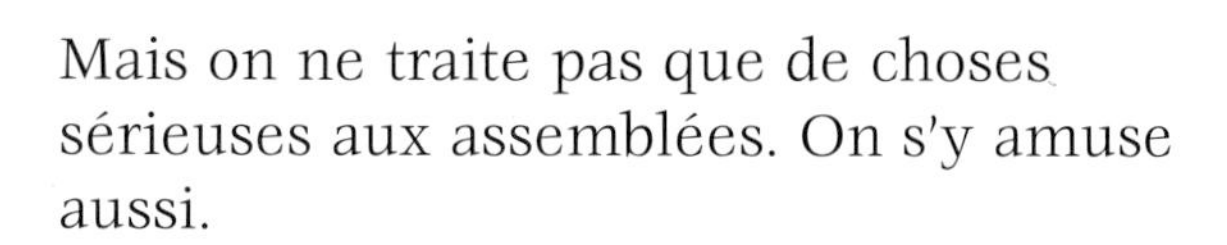

Les divertissements vikings

Une assemblée dure plusieurs jours, voire davantage. Venez-y en famille et profitez-en pour camper. Lorsque les Vikings cessent d'entrechoquer leurs armes, participez à leurs jeux sportifs. Prenez garde : pour les Vikings, le sport est un entraînement au combat; plus c'est violent, mieux c'est!

Ainsi, en natation, ce qui compte n'est pas d'être le plus rapide, mais le plus costaud. Ici, pas de nage papillon, attrapez plutôt votre adversaire et maintenez-le sous l'eau. S'il perd connaissance, ou s'il se noie, vous avez gagné!

Avant de vous essayer à la lutte, réfléchissez bien! À la fin du combat, vous serez, comme votre adversaire, couvert de sang et de bleus. (Ici, même les jeux de société se terminent en bataille.)

Les sports vikings vous tentent toujours? Regardez un combat de chevaux. Deux étalons sont lâchés l'un contre l'autre et excités avec des bâtons. Ils se battent jusqu'à la mort, sous les encouragements des Vikings qui font des paris. Assistez aussi à des courses de chevaux sans selles. Les cavaliers fouettent non seulement leur monture mais les autres concurrents!

Si vous trouvez les sports vikings trop violents, écoutez le raconteur. Il ou elle vous divertira en contant des histoires de rois, de dieux ou de héros courageux. Les récits vikings (sagas) ne sont pas écrits. Ils sont appris par cœur et transmis aux nouvelles générations à force de répétitions.

Oh non! Mais il va le noyer!
Mais l'attitude la plus bizarre de toute est celle du berserkir.
Grrrr!
Ce gars est dangereux!
Oh oui! Il est formidable!
LE BERSERKIR
Si vous voulez rencontrer un gars vraiment terrifiant, faites connaissance avec un berserkir.
Notez son habit : « berserk » signifie peau d'ours. Ces guerriers vikings sont des plus redoutés. Avant la bataille, ils se mettent dans tous leurs états. Ils hurlent comme des loups. Ils sautent comme des chiens. Ils grincent des dents et mordent dans leur bouclier.
Pendant la bataille, ils se battent avec une furie démentielle. Ils sont dans un tel état d'excitation qu'ils croient être invincibles et insensibles aux coups d'épée et aux flammes. De vrais fous furieux!
Si vous en rencontrez un, déguerpissez! Vous éviterez une terrible séance!

Un drakkar viking

À voir absolument lors de votre voyage chez les Vikings : un drakkar! Les Vikings excellent dans la construction de navires et le drakkar est une merveille du genre pour l'époque.

Observez le dragon sculpté sur la proue. Est-ce qu'il vous fait peur? Parfait, c'est le but visé. Un drakkar est un bateau de guerre. L'objectif est de terroriser l'adversaire!

L'effet de surprise est aussi important. Les drakkars peuvent couvrir de longues distances et arriver sans être vus. Ils surgissent subitement et sont rarement les bienvenus!

Regardez la forme de ce navire. Notez comme il est long, bas et étroit. Il est aussi léger et très robuste. C'est à la fois un bateau à voiles et à rames. Par grands vents, sa grande voile rectangulaire le pousse rapidement. Par temps calme, de 15 à 30 paires de rames le font avancer. Chaque rameur s'assoit sur un coffre rempli de ses possessions. Une rame-gouvernail se trouve à l'arrière.

Mais avant tout, un drakkar est extrêmement rapide. En fait, c'est un des bateaux les plus rapides jamais construits… jusqu'à l'invention du bateau à moteur.

Que diriez-vous de partir en croisière à bord d'un de ces puissants drakkars?

Justin est presque monté à bord lorsqu'il entend un son étrange.
zazazamais navigué zazazamais
Qu'est-ce que c'est?
... Il était un petit navire qui n'avait zazazamais navigué, qui n'avait zazazamais navigué, ohé, ohé, ohééé...
Léa!!
zazazamais navigué zazazamais...
jajajamais navigué jajajamais...
Quel plaisir pour Léa et Justin d'avoir un drakkar pour eux tout seuls! Mais ça ne dure pas.
GRRRR-RONCHON-GRRRR.
C'est le berserkir. Vite Léa, cache-toi!

Ce que Léa fait de mieux, c'est se cacher.
Qu'est-ce que tu fais?
En quelques secondes, les Thibodeau s'engouffrent dans un coffre en bois, à l'abri du danger… Mais le sont-ils vraiment?
Mais, qu'est-ce-? Zut! On bouge!
zazazamais navigué zazazamais…

Entre temps, Emma s'est réveillée. Ne pouvant trouver son frère et sa sœur, elle part à leur recherche.
Partis! En bateau.
Sans moi? Comment ont-ils osé? Et avec le Guide en plus!

Elle découvre alors que l'un des bateaux est toujours au port et qu'il ne partira que le lendemain matin. La nuit tombée, en profitant de l'ombre, elle se lance à l'eau.
Je vais les rattraper en un rien de temps!

Explorateurs et pionniers

Le peuple viking est téméraire. Il aime la vie nomade et explorer des contrées lointaines pour s'y installer. Parfois, les Vikings attaquent les gens qui y vivent et leur volent leurs terres. Mais ils peuvent aussi s'intégrer sans histoires ou s'installer là où rare sont ceux qui ont essayé.

Les pionniers vikings voyagent dans des bateaux marchands, plus larges et plus lents que les drakkars, mais pouvant transporter un plus gros chargement.

Ces pionniers s'établissent un peu partout. Certains s'installent en Europe et en Russie, d'autres se fixent plus loin encore, en Islande ou au Groenland. Mais le plus extraordinaire c'est que d'autres encore traversent l'Atlantique jusqu'en Amérique du Nord. (Ils ne l'appellent pas ainsi. Y ayant découvert des vignes, ils la nomment « vinland ».)

L'Amérique du Nord est un endroit agréable, mais les Vikings n'y restent pas. Les Amérindiens (appelés « skraelings » par les Vikings) ne les apprécient guère. Ils rendent la vie dure aux Vikings qui partent pour ne jamais revenir.

Cinq cents ans plus tard, Christophe Colomb finira enfin par traverser l'Atlantique, et pensera être le premier européen à découvrir ce continent. S'il avait su...

Pendant ce temps, sur le drakkar...
À l'aide!
Ouvrez-nous!
BOUM!
BOUM!
... Justin et Léa sortent finalement de leur cachette. Justin est plutôt mal en point.
?
J'ai... mal... au cœur!
Léa, elle, s'en donne à cœur joie.
Ooohhhhh.
Elle, je l'aime bien!

Elle dévore son poisson séché au dîner.
La nuit, elle est ravie de dormir
à la belle étoile.

La vie à bord d'un drakkar

Vous espériez une croisière de luxe? Il n'en est rien. À bord d'un drakkar, on est à l'étroit et mal installé. Vous serez sans doute presque toujours mouillé et gelé, en plus d'avoir peut-être mal au cœur.

Si vous n'êtes pas occupé à vomir, goûtez à la nourriture. Elle sera sûrement froide et infecte. Il est dangereux de faire du feu à bord. Aussi, à moins de pouvoir accoster et allumer un feu, les Vikings mangent du poisson séché et de la viande saumurée. Faites-vous plaisir en vous régalant de pain dur et de beurre rance.

La nuit, vous dormirez dehors sur le pont. Glissez-vous dans un sac de couchage en cuir. (Conseil : évitez de dormir avec le fou furieux.)

Pendant votre temps libre, vous travaillerez. Les drakkars sont de bons navires... avec quelques problèmes. Par exemple, ils prennent l'eau. Pour flotter, il faut écoper.

Mais ne vous plaignez pas. Soyez dur et brave même si vous ne l'êtes pas. Les Vikings aiment les enfants qui ont du caractère, même ceux qui sont agressifs et cherchent la bagarre. Si vous voulez que les Vikings vous apprécient, conduisez-vous mal!

Après plusieurs jours en mer, les drakkars arrivent à destination : un petit village non loin d'un monastère. Avec une rapidité qui surprend les Thibodeau, les navires glissent sur la plage.

Armes et armures vikings

Si vous partez en croisière avec les Vikings, vous risquez de faire partie d'une expédition (ou raid). Soyez prêt! Un guerrier viking ne part jamais en raid sans :

- Une épée. Utilisez-la pour couper et trancher. Tenez-la de la main droite, puis oscillez, sautez, vrillez tout en combattant. Vous pouvez donner un petit nom à votre épée. (À éviter : Poupounne ou Ma douce!)
- Une hache. La plus grosse est la hache d'armes. Même un homme fort a besoin de ses deux mains pour s'en servir.
- Des lances. Une pour lancer, l'autre (javelot) pour transpercer l'ennemi lorsqu'il est proche.
- Un arc et des flèches. Utiles si l'on est éloigné, mais peu pratiques lors de corps à corps.

- Un bouclier. Une pièce d'arme des plus importantes. N'oubliez pas : alors que vous serez occupé à couper et trancher votre ennemi, il sera tout aussi occupé à en faire autant! Protégez-vous des coups en remuant rapidement votre bouclier.
- Un casque. Il est petit, rond ou pointu. Si possible, procurez-vous-en un avec nasal, à moins que vous ne vouliez changer d'apparence!
- Une armure. Une chemise en cotte de mailles est recommandée mais très coûteuse. Contentez-vous d'un pourpoint en cuir rembourré qui, avec un peu de chance, vous évitera d'être grièvement blessé.

Puisqu'on aborde le sujet, voulez-vous vraiment vous lancer dans la bataille? Il est peut-être préférable d'annuler votre croisière.

À moins... que ce ne soit déjà trop tard.

Lors du raid, les Vikings se conduisent vraiment mal. Ils volent, brûlent, pillent et font des prisonniers. Justin est en état de choc.
Heureusement, il a presque tout raté.
Dans les pommes!
Il ne sait pas comment s'amuser.
UN RAID VIKING
Ne participez pas à un raid viking à moins que vous ayez des nerfs d'acier.
Les Vikings terrorisent l'Europe de l'Ouest avec leurs attaques surprises. Lorsqu'ils quittent leurs fermes et prennent la mer, ils se changent en redoutables pirates pour acquérir gloire et richesses dans de lointaines contrées.
Ils sortent de nulle part! C'est du moins l'impression qu'ont leurs victimes. Les drakkars sont conçus pour permettre des attaques soudaines et brèves. Ils peuvent arriver directement sur une plage, permettant aux Vikings de débarquer et de s'élancer soudainement vers un village ou un monastère.
Et que font-ils ensuite?

Ils pillent et volent nourriture, céréales, bétail, argent, vin, bijoux, tout ce qu'ils peuvent trouver. Ce qu'ils ne peuvent pas voler, ils le brûlent! Les monastères offrent de riches butins et des trésors religieux ornés d'or, d'argent et dc joyaux. Ils sont faciles à attaquer, car seuls quelques membres du clergé les défendent.

Si les Vikings vous attaquent, suivez ce conseil : FILEZ POUR SAUVER VOTRE PEAU! Les Vikings tuent ceux qui leur résistent. Ils prennent aussi des prisonniers qui deviennent leurs esclaves. (Si la personne est riche, ils demanderont peut-être une rançon).

L'Europe entière vit dans la terreur. Certains sont si terrifiés qu'ils paient une sorte d'impôt (Danegeld) aux Vikings pour qu'ils les laissent tranquilles!

Mais avant que vous n'ayez une mauvaise impression des Vikings, sachez qu'ils ne sont pas les seuls à piller et incendier. D'autres le font aussi.

Seulement les Vikings le font mieux que quiconque.

La religion viking

En mer, un Viking en péril invoque le plus souvent Thor, le dieu du tonnerre. Selon la croyance viking, Thor, portant un marteau (symbole de la foudre), se déplace avec fracas dans les cieux, dans un char tiré par deux boucs.

Thor est populaire parmi les marins, mais ce n'est pas le seul dieu en qui croient les Vikings. D'autres dieux ont différentes responsabilités.

Odin, un des dieux suprêmes, est le père de Thor. C'est aussi le dieu de la guerre, de la mort et de la sagesse. Il est quelque peu étrange; il n'a qu'un œil et monte un cheval à huit pattes. Les chefs et les guerriers vikings le trouvent génial. Ils pensent que s'ils sont tués valeureusement au combat, ils rejoindront Odin dans un palais doré appelé Walhalla, où ils passeront leur temps à se battre et à festoyer, comme au cours de leur vie terrestre.

La femme d'Odin, Frîja, est la déesse du mariage et du foyer. Ils ont tous deux un fils, Balder, dieu de la lumière et de la justice.

Éventuellement, les Vikings deviendront chrétiens et ces dieux seront oubliés.

La tempête sévit sur une vaste région — si bien qu'elle fait dévier le bateau d'Emma de son cap initial.
Si je m'en sors, je ne quitterai plus jamais ma chambre.
LA NAVIGATION VIKING
À l'époque des Vikings, trouver son chemin en mer n'est pas simple. La boussole n'a pas encore été inventée, les cartes et les instruments de navigation non plus, ni le radar. Pourtant les Vikings arrivent à parcourir de grandes distances et à traverser l'Atlantique. Mais comment?
Voilà ce qu'il faut faire pour naviguer comme les Vikings :
• Si possible, ne perdez pas la côte de vue. Cherchez des repères que vous connaissez.
• Observez le ciel. Regardez la position des étoiles et du soleil. Étudiez les nuages.
• Observez la mer. Notez la couleur et les mouvements des courants.
• Observez la vie marine. Poissons, oiseaux et autres créatures peuvent vous donner des indices.
• Flairez le vent. Notez sa chaleur et sa direction.
Voilà. Vous ne devriez avoir aucun problème pour trouver votre chemin... à moins d'être pris dans une tempête. Si c'est le cas, oubliez tous ces conseils. Le seul oiseau que vous risquez de voir est celui de mauvaise augure.
Dernier conseil : accrochez-vous!

Le lendemain, la chance sourit enfin aux Thibodeau. Les vents qui ont fait dévier le bateau d'Emma ont aussi changé le cap des drakkars.
Cela tient du miracle… mais les deux bateaux se croisent.
C'est le bateau de Thorvald.
Je croyais qu'il allait en Islande!
Là, au milieu --on dirait – ?
EM-MA!

À bord des deux bateaux, les Thibodeau supplient et implorent, mais en vain. Les Vikings refusent de rapprocher les deux vaisseaux.
Pitié! C'est ma seule chance de rentrer chez moi!
Chez toi, maintenant, c'est l'Islande.

Il semblerait que les bateaux des Thibodeau vont simplement se croiser. Il semblerait que les Thibodeau vont atterrir dans différents coins du monde, voire même différents siècles!
La situation est désespérée… et un Thibodeau au désespoir est susceptible de commettre un acte désespéré.
Emma, non! Tu ne vas pas y arriver!
Emma est la meilleure nageuse de son école. Justin lui lance une corde. Mais les vagues sont plus hautes que des maisons, et au bout d'un moment…
J'peux… pas…

… Emma disparaît.
EMMA!
NOOON!

Oui. Disparue.
Mais pas pour longtemps. Lorsque les Vikings tirent sur la corde... ils ramènent une Thibodeau!
Le courage d'Emma impressionne les Vikings.
Elle n'a peur de rien!
Elle est brave!
Une vraie Viking!
Toutefois, lorsque Emma entend parler du raid, elle fait preuve d'un autre genre de courage.
Vous avez brûlé leurs maisons? Vous en faites des esclaves?

Après plusieurs heures, les Vikings se fatiguent de la séance d'Emma... et du reste des Thibodeau. De toute façon, qui sont ces jeunes?
Ce sont peut-être des traells.
Non, pas ça!
On n'est pas des esclaves! On a des droits! On – mppfff!
Les Thibodeau sont dans une situation précaire. Mais ils ont un moyen de s'en sortir.
Il nous suffit de finir de lire le Guide et on est chez nous.
Oui, mais eux?

Ils arrivent bientôt dans un port, mais on a à peine le temps de voir à quoi ressemble une ville viking.
Avancez, les traells!
Il m'agace celui-là!

Les villes et le commerce

Au terme de votre croisière, pourquoi ne pas visiter une ville viking? Ce sont des centres de commerce et d'artisanat.

Flânez le long des ruelles en bois à la recherche d'artisans. Vous trouverez peut-être quelques souvenirs. Vous y verrez sans doute des bijoutiers, des verriers ou des sculpteurs de pierre à savon et de bois de rennes, ainsi que des menuisiers qui fabriquent des cuillères, bols, meubles, coffres, etc.

Vous y rencontrerez aussi de nombreux marchands. Les Vikings aiment presque autant faire du commerce que partir en expédition! En fait, les marchés leur permettent d'échanger les butins volés lors de raids (y compris les esclaves). Les Vikings partent aussi très loin pour faire du commerce, échangeant des produits de leur terre (fourrures, peaux d'ours et de rennes, pierres à savon) contre les choses qu'ils n'ont pas (sel, soie, poterie, vin).

Toutes ces richesses exigent que les Vikings construisent leurs villes dans des lieux sûrs où l'ennemi peut être vu de loin. Remarquez les remparts (larges remblais de terre) et la haute palissade en bois (barrière) surplombée de tours, qui servent à se défendre contre les attaques.

Il va sans dire qu'il faut être drôlement téméraire pour attaquer les Vikings.

La plupart des pilleurs vikings partent échanger leur butin. Le berserkir, lui, est chargé de garder les traells jusqu'à ce qu'ils soient vendus au marché.

C'est l'occasion parfaite pour les Thibodeau de finir de lire leur Guide, mais, c'est alors que...

... le berserkir décide d'apprendre à lire.

L'ALPHABET VIKING

Il est inutile de montrer ce Guide à un Viking. L'alphabet viking ne ressemble en rien au vôtre et, de toute facon, nombreux sont les Vikings qui ne savent pas lire. Leur alphabet est appelé futhark et ses 16 lettres, des runes. Voilà à quoi elles ressemblent :

Regardez comme les lignes sont droites et verticales ou penchées. C'est parce que les runes doivent être gravées dans le bois et que c'est difficile de graver des lettres courbes. Les runes sont aussi taillées dans la pierre, l'os et le métal. (Les Vikings n'ont pas de papier.)

Pour écrire en runes, vous avez juste besoin d'un bout de bois et d'un couteau pour y graver les lettres. Vous avez fait une erreur? Corrigez-la en coupant le bout de bois au bon endroit.

Mais écrire en runes peut poser certains problèmes : comment écrire un long message sur un bout de bois?

Les Vikings utilisent les runes de diverses façons. Ils s'envoient des messages gravés. Ils décrivent leurs exploits en runes sur de larges pierres verticales. Ils croient aussi que les runes ont des effets magiques, comme protéger un guerrier au combat ou guérir une maladie.

La situation est décourageante. Mais les jeunes Thibodeau ne sont pas du genre à abandonner facilement. Emma attend et observe. Lorsqu'elle sent la chance tourner, elle tente le tout pour le tout.
Pssit! Justin! Réveille-toi!
Qui – ?
Quoi – ?
Où – ?
Chuuut!
Faire bouger ensemble un groupe de traells ensommeillés et ligotés n'est pas chose facile!
Chuuut!
Un pas sur le côté... on reprend. Bravo! Parfait!

Finalement, les Thibodeau se retrouvent là où ils voulaient être : suffisamment prêts du fou furieux pour pouvoir lire le Guide.
Parfait! Il est ouvert à la dernière page. Léa? Justin? LISEZ!

Emma, Justin et Léa lisent les derniers mots du Guide, les mots qui leur permettront de retourner dans l'avenir. Emma se penche pour fermer le Guide et...

… les Thibodeau sont rentrés.
Mais on dirait qu'ils ont ramené des amis!
!?
Oh… ça alors!
La vue des visiteurs ne semble pas ravir M. Julien T. Petitjean.
Ne touchez pas à ça!
Attention!
Sortez de là!

Les Thibodeau pourraient rester pour donner un coup de main, mais ils ont hâte de rentrer voir leurs parents.

En sortant, les Thibodeau poussent un soupir de soulagement. Ils viennent de vivre le voyage le plus difficile qui soit et ne veulent plus *jamais* voir un Viking de leur vie.

Jamais? Ça c'est vraiment très long.

Même quand on remonte le temps.

LES VIKINGS

Réalité ou fiction?

Que croire des récits du livre *Aventures chez les Vikings?*

Les enfants Thibodeau sont une invention, leurs aventures également. Donc, l'histoire des Thibodeau est simplement... une histoire.

Mais les Vikings ont vraiment existé, il y a très longtemps. Ils passaient leur temps à cultiver, explorer, faire la guerre et... si vous voulez vraiment tout savoir, lisez le Guide! Vous y trouverez la réalité viking. En effet, les renseignements présentés dans le Guide personnel à destination du pays des Vikings de M. Petitjean sont basés sur des faits historiques réels.

Plus encore sur les Vikings

Pendant des centaines d'années, les ancêtres des Vikings ont vécu en Europe du Nord, dans la région appelée Scandinavie. Puis, autour de 800 apr. J.-C., les habitants de cette région sont entrés dans une période de commerce, de raids et d'exploration qui a duré 300 ans (jusqu'à 1100 apr. J.-C.). Ils sont alors connus sous le nom de Vikings et cette période de l'histoire de l'Europe est appelée l'ère viking.

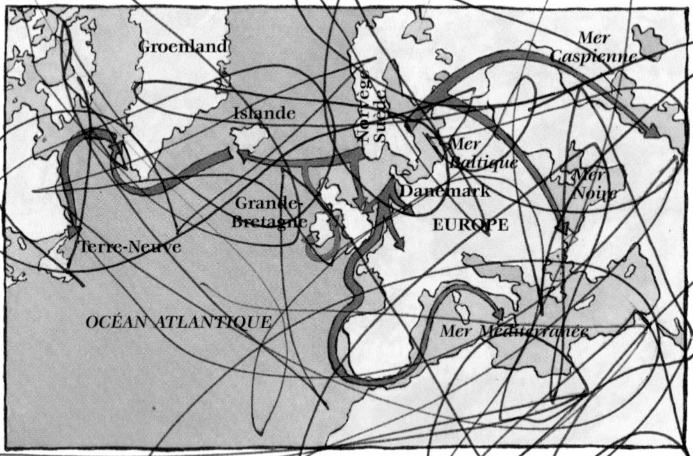

Qu'est-ce qui pousse les Vikings à quitter leurs villages et à partir pour des contrées lointaines? Plusieurs raisons sont possibles. Les spécialistes pensent que la population scandinave a rapidement augmenté au début de l'ère viking et qu'elle manquait de bonnes terres agricoles pour se nourrir. De plus, certains Vikings en avaient assez des guerres et des querelles et espéraient trouver une vie meilleure ailleurs. Ceux qui cherchaient des richesses ont compris qu'il existait des trésors sans protection à portée de drakkars, ces bateaux vikings qui leur permettaient d'y accéder facilement.

Bien que l'on utilise le terme « viking » pour parler de tous les Scandinaves de l'époque, il existait trois groupes de Vikings : les Norvégiens, les Danois et les Suédois.

Les Vikings norvégiens ont envahi les îles britanniques, y compris l'Angleterre, l'Écosse et l'Irlande, et des îles du nord de l'Atlantique. Ils ont traversé l'océan jusqu'en Islande et au Groenland où ils se sont établis, et même plus loin jusqu'aux côtes du Canada actuel. Les vestiges d'un camp viking ont été retrouvés à l'Anse aux Meadows, à Terre-Neuve.

Les Vikings danois ont mis le cap vers le sud et ont occupé l'Europe, dont la Belgique, la France, l'Espagne et les Pays-Bas actuels. Ils ont aussi envahi l'Angleterre, conquérant une vaste région appelée Danelaw.

Ils ont régné sur l'Angleterre pendant 26 ans. En France, avec des Vikings norvégiens, ils ont contrôlé une région toujours connue sous le nom de Normandie (terre de l'homme du Nord).

Les Vikings suédois (Varègues) se sont déplacés à l'est et au sud vers la mer Caspienne et la mer Noire. Ils ont construit des forts le long des routes de commerce jusqu'au Moyen-Orient, où ils ont fait du commerce avec des marchands de Chine et d'Inde.

Connaissons-nous tout sur les Vikings? Non. En apprendrons-nous davantage dans l'avenir? Probablement. Les historiens et les archéologues ne cessent d'enrichir leurs connaissances sur le passé. Ils adoreraient retourner chez les Vikings. Ah! si seulement ils pouvaient trouver la bonne agence de voyages!

Dans ce livre